Gonrad Wilbur

RAJ

1. Les Disparus de la Ville dorée

Dessin de Conrad
Scénario de Wilbur et Conrad
Mise en couleurs de Julien Loïs

DARGAUD
BENELUX

Nous tenons à remercier la British Library pour l'accès illimité aux collections de l'Oriental and India Office.

Les auteurs

www.dargaud.com

PREMIÈRE ÉDITION

Dépôt légal : d/2007/0086/32 • ISBN 978-2-5050-0002-0
Imprimé en France par PPO Graphic - 92120 Palaiseau

L'île de Bombay, la "ville dorée", sur la côte ouest des Indes anglaises, 1831, le quartier du Fort Saint George... Toute la ville est imprégnée par les odeurs des épices et les parfums de musc et de bois de santal.
Alexander Martin?
Vous êtes le nouvel agent et vous arrivez de Londres.
C'est exact, Sir.
Je suis sir William Laurence, chef de l'*Indian Political Service*, l'*I.P.S.*
Notre rôle, à l'*I.P.S.*, est d'aider l'*Honorable Compagnie des Indes* à développer ses affaires ...C'est-à-dire d'empêcher les autres puissances d'Europe de s'installer aux Indes.
Le temps des *nababs* est terminé. Nous n'avons plus que faire des blancs qui fraternisent avec les indigènes, adoptent leurs coutumes et amassent des fortunes aux frais de l'Empire!
J'ai lu votre dossier. Vos références sont impeccables. Votre présence à Bombay ne s'explique que si vous êtes déshérité ou si votre père est ruiné... C'est d'ailleurs sans importance.

J'ai besoin d'hommes comme vous, capables de travailler dur et prêts à risquer leur vie pour la gloire et la prospérité de l'Empire... Vous comprenez, agent Martin?
Très bien, sir Laurence... L'Orient m'a toujours fasciné, voyez-vous...
...et ce poste est pour moi l'occasion de découvrir les Indes.
?!
Hum!... Ne perdez pas trop de temps à vous acclimater. Ce pays est horrible, l'air est infect, les fièvres vous rongent la cervelle et le choléra y est monnaie courante...
... Bref, il est fréquent d'y mourir en moins de deux ans. Bien! Nos agents sont tous membres du yacht club. Allez vous y présenter et faites connaissance... Vous pouvez disposer.
Bindrah! File au Club et fais passer la consigne... Nos agents ne doivent *pas* sympathiser avec cet Alexander Martin.
Bien, sahib.

Je suis Alexander Martin. Sir Laurence m'envoie.
Bienvenue au Club, sahib. Les autres sahibs de l'I.P.S. sont dans la grande salle. Ils vous attendent.
Bienvenue, sahib Longfellow.
Hello, Ali !
Sahib Longfellow, le nouvel agent de Londres est arrivé. Écoutez...
Ah bon ? Il est là ? Où ça ?... Ah ! Je le vois !
Attendez, sahib !

Hello!
?!
Warren Longfellow, agent de première classe. Vous êtes le nouveau, pas vrai? Bienvenue! On a besoin d'aide!
On a du travail jusque par-dessus la tête, à l'I.P.S.! Heureusement, le gouverneur organise des distractions ...
Sahib!
Tenez, demain il y aura un pique-nique à l'île d'Éléphanta, à deux miles de Bombay. Vous êtes invité, mon cher et...
Sahib?!
Excusez-moi un instant. Il faut que j'aille voir ce que veut Bindrah. Vous comprenez, c'est le larbin personnel du "Vieux"...
Eh, eh, eh! Longfellow a encore parlé trop vite!
Mon cher, apprenez que vous avez été mis en quarantaine par sir Laurence.
En quarantaine, vraiment? Alors, pourquoi m'adressez-vous la parole?
C'est très simple, Martin... Je ne suis pas de l'I.P.S. David Baltimore, journaliste au Bombay Times. Venez, allons sur la terrasse.
Vous êtes un membre du Club?
J'ai mes "entrées". Je couvre la rubrique mondaine du journal... Les "garden parties", ce genre d'événements...
Je vais vous faire un aveu... Je suis venu aux Indes dans l'espoir de faire fortune et de vivre une vie de pacha à l'orientale. Malheureusement, je suis arrivé trop tard! La place est aux mains des administrateurs de l'East India Company.
Alors, pour m'occuper, je m'informe sur notre politique secrète qui se décide dans ce Club... Et ce pays est fascinant. Aucune des règles de chez nous ne s'applique ici!
C'est parfait. Je n'ai pas l'intention de suivre d'autres règles que les miennes.

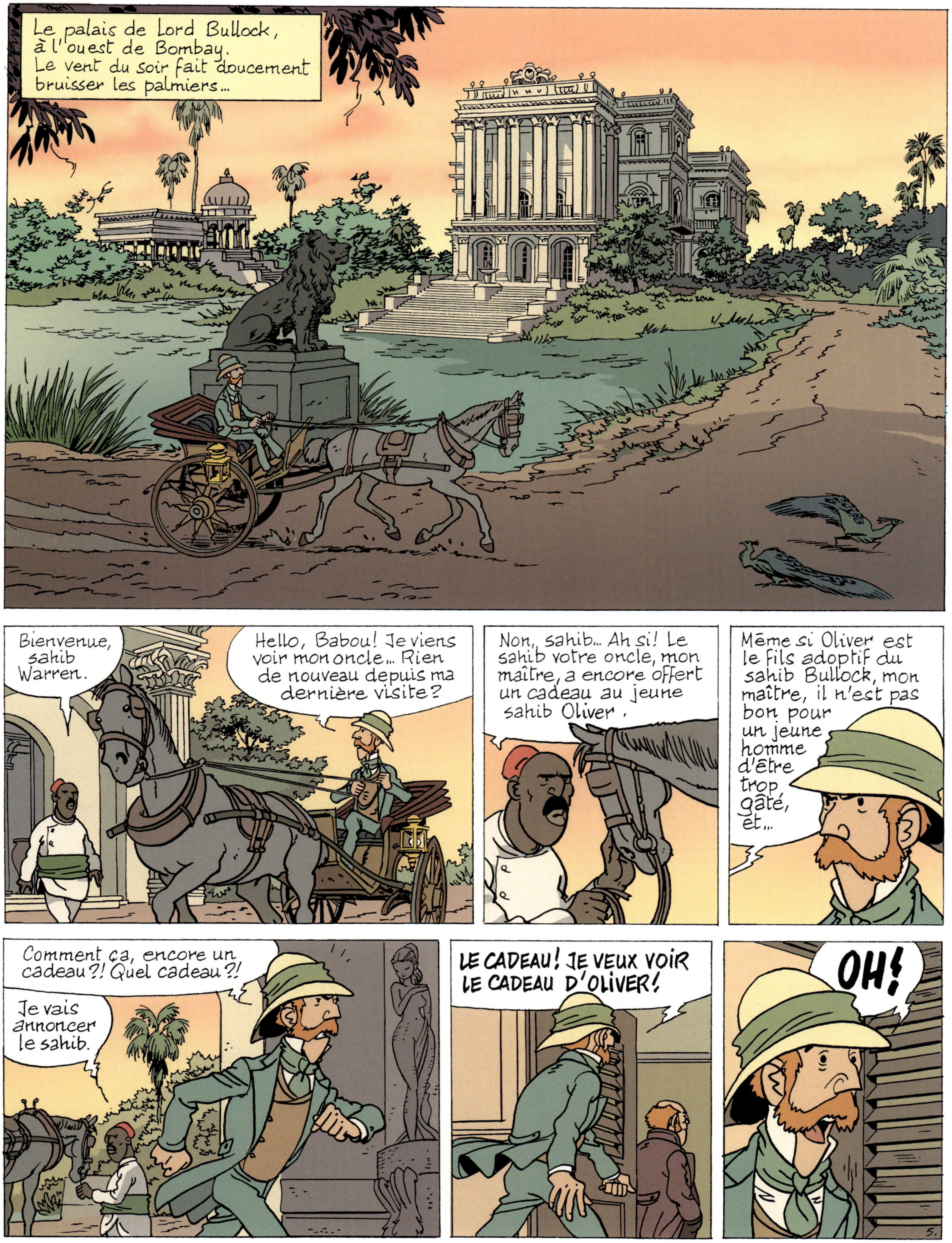

Le palais de Lord Bullock, à l'ouest de Bombay. Le vent du soir fait doucement bruisser les palmiers...
Bienvenue, sahib Warren.
Hello, Babou! Je viens voir mon oncle... Rien de nouveau depuis ma dernière visite?
Non, sahib... Ah si! Le sahib votre oncle, mon maître, a encore offert un cadeau au jeune sahib Oliver.
Même si Oliver est le fils adoptif du sahib Bullock, mon maître, il n'est pas bon pour un jeune homme d'être trop gâté, et...
Comment ça, encore un cadeau?! Quel cadeau?!
Je vais annoncer le sahib.
LE CADEAU! JE VEUX VOIR LE CADEAU D'OLIVER!
OH!

C'est le pistolet à quatre canons et à bassinet rotatif! Celui que je vous avais demandé pour mon anniversaire!
Warren? Babou ne t'a pas annoncé!
Excellent choix, mon cousin. Quand j'ai su que c'était un modèle unique, j'ai été aussitôt séduit!
Oui, c'est vraiment une belle arme. Elle plaisait beaucoup à Oliver, alors pourquoi la lui refuser? De toute façon, ton anniversaire est seulement dans deux jours...
Ne vous inquiétez pas, cousin! Votre oncle vous a choisi un présent très... spécial! Une surprise.
Je ne veux pas de surprise...
Je veux mon pistolet à quatre canons et à bassinet rotatif, damasquiné en or et signé par le meilleur armurier de Londres!
Tu fais encore l'enfant, Warren? Je suis sûr que tu seras très content de ton nouveau cadeau... D'ailleurs, c'est une idée d'Oliver!
6.

L'île d'Éléphanta, enveloppée de la brise légère et salée de la mer d'Oman, le lendemain.
Superbe idée d'avoir choisi l'île d'Éléphanta pour ce pique-nique, Excellence... Alors, est-ce que le *Bombay Times* peut publier *la nouvelle*?
Oui, je voulais quelque chose de spécial pour célébrer notre nouvelle conquête... Gentlemen, je vous annonce officiellement que nous venons d'annexer une nouvelle province près de Bombay!
À la nouvelle annexion, Hip! Hip! Hourrah!
Clap!
Clap!
Clap!
Clap!
Je tiens à souligner l'aide précieuse apportée par sir Laurence dans cette opération. Grâce au rapport fourni par l'I.P.S., nous avons pu prouver l'incapacité du Rajah à gouverner sa province.
Tu notes, David?
Des preuves? Vous trouvez toujours des *prétextes* contre les rajahs quand il s'agit de leur prendre leurs terres et de taxer leurs sujets!
Lord Bullock? Voulez-vous ajouter un commentair... EH?!
Bande d'hypocrites!

Je comprends Lord Bullock. Moi aussi, j'ai la nostalgie du temps où nous traitions nos affaires à notre gré avec les princes indigènes... Mais les temps changent.
Oui. Nous sommes les derniers *nababs*. Il est temps que ce pays soit gouverné rationnellement. Il faut des réformes pour créer plus de richesses...
Parfaitement ! En taxant la terre, nous amènerons les indigènes à la cultiver et à travailler au lieu de perdre leur temps à leurs horribles fêtes de païens.
Très bien ! Abusons des indigènes, exploitons-les, traitons-les en esclaves si ça nous chante... Et cachons-nous derrière la "*gloire de l'Empire*"...
... si notre avidité ne nous perd pas, notre stupidité va s'en charger. Nous allons drainer toutes les richesses de ce pays et les expédier en Grande-Bretagne. Quand les indigènes auront compris que plus ils travaillent pour nous et plus ils s'appauvrissent, nous verrons combien de temps l'Empire durera !
?!
Encore un nouvel agent de l'*I.P.S.*?! Qui êtes-vous ?
Laissez-moi deviner... Vous êtes le cadet de la famille ? Votre père est ruiné ? Ou vous êtes tout simplement un incapable dont on ne sait que faire et qu'on a expédié le plus loin possible ?
Très drôle !... Mais non, rien de tout cela, rassurez-vous. Je voulais voir les Indes...
... et j'ai demandé spécialement ce poste.
Bravo, Martin ! Vous lui avez cloué le bec. Lord Bullock oublie parfois de se conduire en *Anglais* et en *gentleman*. Cette scène était odieuse !
Vraiment ? Lord Bullock m'a semblé tout à fait sympathique, au contraire.

David ! J'ai lu tes notes ... Il manque des noms et la moitié des titres des invités ! Et ce sont tous des abonnés du journal. On ne plaisante pas avec ça !
Bah ! Il serait temps de parler de ce qui se passe hors de notre cercle d'abonnés. À propos, demain soir, il y aura une fête indigène très curieuse ...
Je me moque de la ville noire, des indigènes et de leurs fêtes dégoûtantes ! Je veux mon compte-rendu du pique-nique !
PAN !
PAN ! PAN !
Mon pistolet, je vous prie, mon cousin !
C'était mon pistolet, Oliver !... Alors je tire si ça me plaît.
Vous avez tiré trois fois. Ça suffit comme ça ! ...
Mon pistolet !

ATTENTION !
Je l'ai!
Rendez-le-moi, Martin! De toute façon, il n'y a plus de bouteilles vides à tirer.
Rendez-le-moi!
On ne laisse pas tomber un pistolet chargé, Longfellow! Un accident est vite arrivé... Tenez, Baltimore!
David, montre-nous si tu es capable d'atteindre la tête d'éléphant de cette grosse idole de pierre... À défaut de bouteilles vides, il fait une bonne cible.
La statue à tête d'éléphant... C'est le dieu Ganesha, fils de Shiva et de son épouse Parvati.
Ah, tu connais son nom, à celui-là, par Saint George! Ce pays de sauvages t'a mis la tête à l'envers! Je parie que tu n'oseras pas tirer!
"... un jour, Shiva décapita l'enfant Ganesha. Pour qu'il ne meure pas, Shiva remplaça la tête coupée par celle d'un éléphant..."
PAW!
CRAK!
Bravo! À la grandeur de l'Empire britannique et à la gloire de la Couronne d'Angleterre!...
Rejoignons les autres invités. Nous n'avons plus rien à faire ici.
Les vandales! Que respectent-ils?... Rien!
10.

Girgaon, un des quartiers indigènes, le jour suivant... Les senteurs violentes des étalages des marchands emplissent l'air immobile et brûlant.
Pourquoi passons-nous par la ville noire, mon oncle?
À ton avis?... C'est une surprise!
Et mon cadeau d'anniversaire, alors?
Justement, on y arrive.
Je ne vois pas de surprise ici!
Non? Regarde mieux... sur ta droite!
Quoi? Ces filles à vendre?
Oui! Tu y es enfin!... Tu peux te choisir une petite "Bândâ" à ton goût.
Une... une esclave?!
Mais oui! Une esclave qui fera tout ce que tu voudras!

Ah, ça, c'est une surprise, en effet !
Alors, laquelle veux-tu ?... Décide-toi !
Je crois que je vais prendre celle-là, avec le sari orange et les yeux de biche.
Très bien. Je m'occupe du marchandage.
Voyons... Elle pourra préparer mes repas, me servir le petit-déjeuner au lit, chasser les serpents, les rats et les cancrelats, laver mon linge et le repasser, repriser les trous dans mes chaussettes...
C'est une excellente surprise, mon oncle ! Si vous le permettez, je l'amène chez moi pour qu'elle puisse commencer tout de suite !

Le yacht club, le soir... L'odeur du tabac tient à distance les parfums de Bombay.
Bombay est un piège... Aucun être civilisé ne devrait avoir à vivre ici! Cette île respire la pourriture et la mort. Ah, ces maudits marais!...
Vous exagérez... L'air des marais est malsain, c'est vrai, mais Bombay a son charme quand on la connaît bien. Même les nouveaux venus y sont sensibles.
Tenez, par exemple, Alexander Martin!!
Du charme! Vraiment!
Croyez-moi, il va bientôt changer d'avis... Jones?
Oui, sir Laurence?
Jones, prenez quelques hommes avec vous et faites *visiter* le Club à Martin, notre nouvel agent...
...Veillez à être *chaleureux*. Qu'il se sente le *bienvenu* parmi nous.
Compris, sir Laurence.
Une bonne chose de faite... Bonsoir, Baltimore. Je rentre, je suis fatigué.
Bonsoir, sir Laurence.
13.

"...faites visiter le Club à Martin... Qu'il se sente le bienvenu..." Sir Laurence et ses manies de vieux conspirateur!
Rien ici!... Voyons à côté.
Juste à temps!... Un moment, gentlemen!
J'ai ici trois invitations pour la garden party du week-end prochain, où vous pourrez rencontrer les nouvelles jeunes filles arrivées d'Angleterre... Si vous laissez Martin s'esquiver!
Venez, mon vieux... Je vous emmène dans un de mes endroits favoris.
Vous êtes arrivé à temps, Baltimore.
Toujours! C'est essentiel pour un journaliste d'être là où les choses se passent... Ou vont se passer! Au fait, mon nom est David... pour les amis...
Alors, qu'en pensez-vous?
C'est très exotique! Nous sommes les seuls Européens?
14.

Les autres Européens restent entre eux dans les clubs et les "garden parties". Tous les blancs ont peur ici ...
Pourtant, si vous voulez vraiment savoir ce qui se passe à Bombay, il suffit de suivre les nouvelles des bazars de la ville noire ... Pour vérifier ce que j'apprends au Club, c'est toujours au bazar que je vais m'informer.
Nous sommes une poignée de Britanniques et nous gouvernons des millions d'Indiens. Ils nous obéissent ... Mais jusqu'à quand?
Un paquet pour le sahib.
?!
Un paquet? Pour moi?... Et de la part de qui?
Je ne sais pas... Un autre sahib.
?!
Ça ressemble à la statue que vous avez prise pour cible à Éléphanta.
Oui, c'est une statuette de Ganesha. C'est étrange, qui peut savoir que je suis ici?...
Quelqu'un vous aura suivi. Je dirais que c'est une petite plaisanterie dans le but de vous impressionner.
Vous avez raison!... Et je parie que c'est mon "cher" cousin qui cherche à me dégoûter de la ville noire... Eh bien, j'ai décidé d'assister à la fête des serpents de cette nuit et je...
... Et nous y assisterons! À notre santé, David.

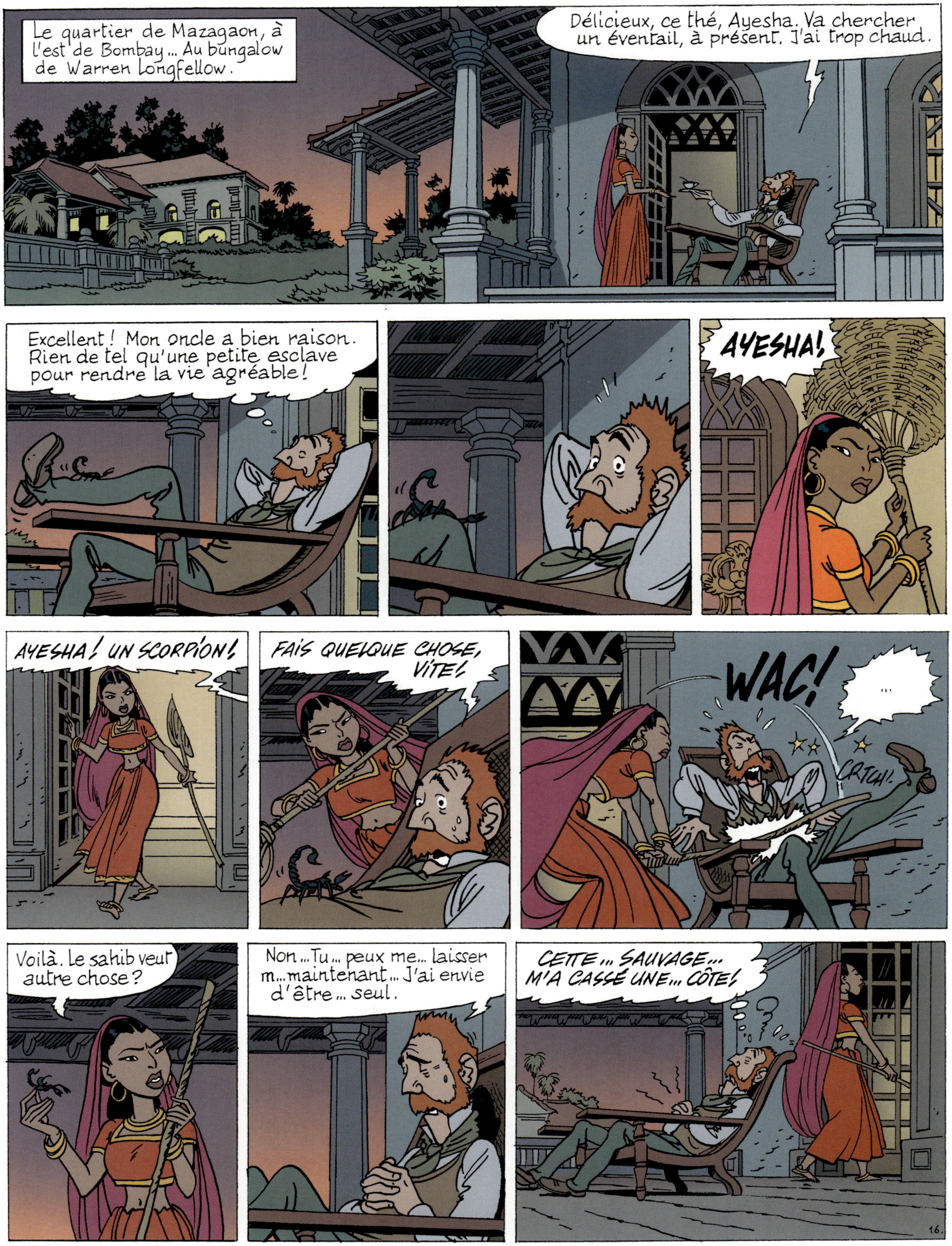
Le quartier de Mazagaon, à l'est de Bombay... Au bungalow de Warren Longfellow.
Délicieux, ce thé, Ayesha. Va chercher un éventail, à présent. J'ai trop chaud.
Excellent ! Mon oncle a bien raison. Rien de tel qu'une petite esclave pour rendre la vie agréable !
AYESHA !
AYESHA ! UN SCORPION !
FAIS QUELQUE CHOSE, VITE !
WAC !
...
CRTCH !
Voilà. Le sahib veut autre chose ?
Non... Tu... peux me... laisser m... maintenant... J'ai envie d'être... seul.
CETTE... SAUVAGE... M'A CASSÉ UNE... CÔTE !
16.

Girgaon, à l'ouest du Fort... Les prières monotones des hindous sont entrecoupées par les cris excités des enfants.
My God! D'où viennent tous ces cobras? Il y en a des centaines.
Les indigènes les élèvent. Chaque famille en a plusieurs qui chassent les rats et protègent les réserves de grains. Faites bien attention où vous marchez!
Que leur donnent-ils à boire?
Du lait de vache. Les serpents aiment ça, allez savoir pourquoi! Je prends une bouteille d'arrack. C'est une sorte d'absinthe. Vous en voulez?
Je n'ai pas l'habitude de boire autant, mais j'avoue que ces reptiles me rendent nerveux.
Ils n'ont pas l'air très agressif.
Pour les Indiens, les cobras sont des génies venus des profondeurs de la terre. En leur faisant des offrandes de lait, ils croient que ces sales bêtes ne les mordront pas pendant l'année.
Ah?... Vous auriez peut-être dû acheter du lait.
!

Hum... Peut-être que l'on pourrait retourner au Club, faire une partie de billard. Qu'en dites-vous?
Déjà? Nous venons à peine d'arriver et cette fête est si... étrange.
Comme vous voudrez...
Eh! Vous avez vu? Là, parmi ces indigènes... un chapeau haut-de-forme!
Tiens, oui. Sans doute un gentleman curieux de voir la fête.
Un gentleman? Dans la ville noire à cette heure? Jamais! Encore moins s'il est soucieux de l'étiquette. Vous savez qu'il est inconvenant de porter un topee(*) après le coucher du soleil.
(*) Casque colonial.
Ça m'intrigue! Vous permettez? Je reviens dans un instant.
Qui cela peut-il être? Holà! Il s'en va!
Plus j'avance, plus il s'éloigne... Pas de doute, il ne veut pas être rattrapé... Et si c'était mon "mystérieux" suiveur?!
Attends un peu, mon cousin! Je vais te secouer les plumes!

Back Bay... la plage où Anglais et musulmans sont enterrés côte à côte. Un jappement sinistre signale un chacal dans la forêt toute proche.
Où est-il passé?... Maudit cousin! Il a bien choisi son endroit pour une partie de cache-cache!
À votre santé, les morts!
BRANDY
"James Petticoat... Foudroyé par le choléra le jour de ses vingt ans."
Vous parlez d'un anniversaire! Pauvre vieux, mourir si jeune...
"Margaret Younghusband, ma chère épouse, emportée par les fièvres pendant notre lune de miel". Hum! C'est idiot comme nom...
?
La tombe d'un musulman. L'inscription est illisible.
Hélas... Tout le monde t'a déjà oublié, mon pauvre vieux!
19.

Cela fait un moment que David est parti!
Où peut-il bien être?
AAAAH!
?!
L'homme au haut-de-forme! Eh! Vous, là!... Attendez!
Il s'enfuit, maintenant! Qu'est-ce que cela veut dire?
!?!
David!
Hsss!
POK!
Il respire encore! Tenez bon, David! Je vais vous tirer de là.
20

Ayesha!
Oui, sahib?
Tiens! Lave-moi vite cette chemise, je n'ai plus rien à me mettre...
Non, sahib! Je suis une esclave de la caste des Kshatriyas (*). Une Kshatriya ne touche pas aux vêtements d'un sahib. Le contact des sahibs est très impur.
Ah?
(*) Guerriers.
Il y a une odeur bizarre dans le patio. Va voir ce que c'est, Ayesha.
Je sais, sahib. C'est une charogne de singe qui pourrit dans un fourré. Une Kshatriya ne doit pas toucher ce qui est mort, sahib.
Cette horrible odeur me colle à la peau... Ayesha! Va chercher de l'eau et remplis le baquet... Je vais prendre un bain. Tu me frotteras le dos.
Mon neveu? Warren?... Mais il est presque minuit!
Reprenez-la, mon oncle! Moi, je n'en veux plus! Ce cadeau d'anniversaire est la chose la plus inu- tile au monde!

Mon ... mon cousin ... je... je vais te secouer les plumes!
Ah non! Ça suffit!
J'en ai assez de ... de tes plumes et de tes parties de cache-cache avec Margaret Younghusband et de ton dieu à tête d'éléphant!
Cela fait des jours que tu répètes ces idioties! Pour un homme mordu par un cobra, tu délires plutôt comme quelqu'un intoxiqué par l'opium, ou comme un... un fou!
Il faut d'ailleurs être complètement insensé pour aller se promener dans la ville noire, la nuit où les indigènes sortent leurs serpents. Et maintenant, qui doit faire tout le travail au Bombay Times, hein? Qui?
... Ga... nesh... sha...
Byculla, au nord du quartier du Fort, à l'heure où toute la ville est endormie...
22.

?! Qui va là ?
C'est vous, Baltimore ? Vous m'avez fait peur !
David Baltimore, du *Bombay Times*. Nous ne nous sommes pas revus depuis le pique-nique sur l'île d'Éléphanta...
J'ai appris que vous aviez été attaqué par un cobra. Heureux de vous revoir sur pied, je...
Dites, vous n'allez pas rapporter mes visites privées dans ce quartier de la ville ? Je vous rappelle que je suis un vieil ami de votre cousin Thomas, l'éditeur du *Bombay Times* et...
Thomas ?... C'est vous, mon vieux ? Que se passe-t-il ?
Bon, je vous suis, Thomas. Mais dites-moi au moins où nous allons ?
Par Saint George, est-ce que quelqu'un va me répondre ?
23.

DING... DING...
La résidence de sir Thomas, à proximité du Fort, le lendemain matin...
Bonjour, sir Thomas.
Ah, c'est vous, Alexander... Je croyais que c'était le docteur pour David.
Comment va-t-il?
Toujours pareil, il délire... Venez, vous verrez par vous-même...
David?!
Récapitulons... Votre cousin David Baltimore, qui gardait le lit après une morsure de cobra, a quitté sa chambre en pleine nuit. Il a pris ses vêtements et vous n'avez pas de nouvelles de lui...
À votre place, je ne m'inquiéterais pas trop. Après tout, il a déjà survécu au cobra. Qui sait, il s'est peut-être senti mieux et a décidé d'aller se promener?
D'autre part, Baltimore est connu pour ses excursions dans la ville noire... Il est possible qu'il soit allé terminer sa convalescence chez une bayadère... Eh, eh, eh!
COLABAH
Dock
Hospital
Light House
Burial Ground
C'est une théorie intéressante, mais je crains que l'on ne puisse préjuger des habitudes de David d'après les vôtres, Griffith. Il serait plus utile d'envoyer quelques hommes à sa recherche...
Écoutez, ici, c'est l'I.C.S.(*), pas l'I.P.S. Ici, nous avons du travail. Le temps nous manque pour les pique-niques, les bals ou pour jouer à cache-cache avec des journalistes noctambules. Et maintenant, gentlemen, vous voudrez bien m'excuser...
Toc! Toc!
(*) I.C.S.: Indian Civil Service, qui regroupe les membres de l'administration civile coloniale.
Sahib superintendant Griffith, il y a eu une disparition. Le sahib Twining n'est pas rentré chez lui la nuit dernière, sahib.
24

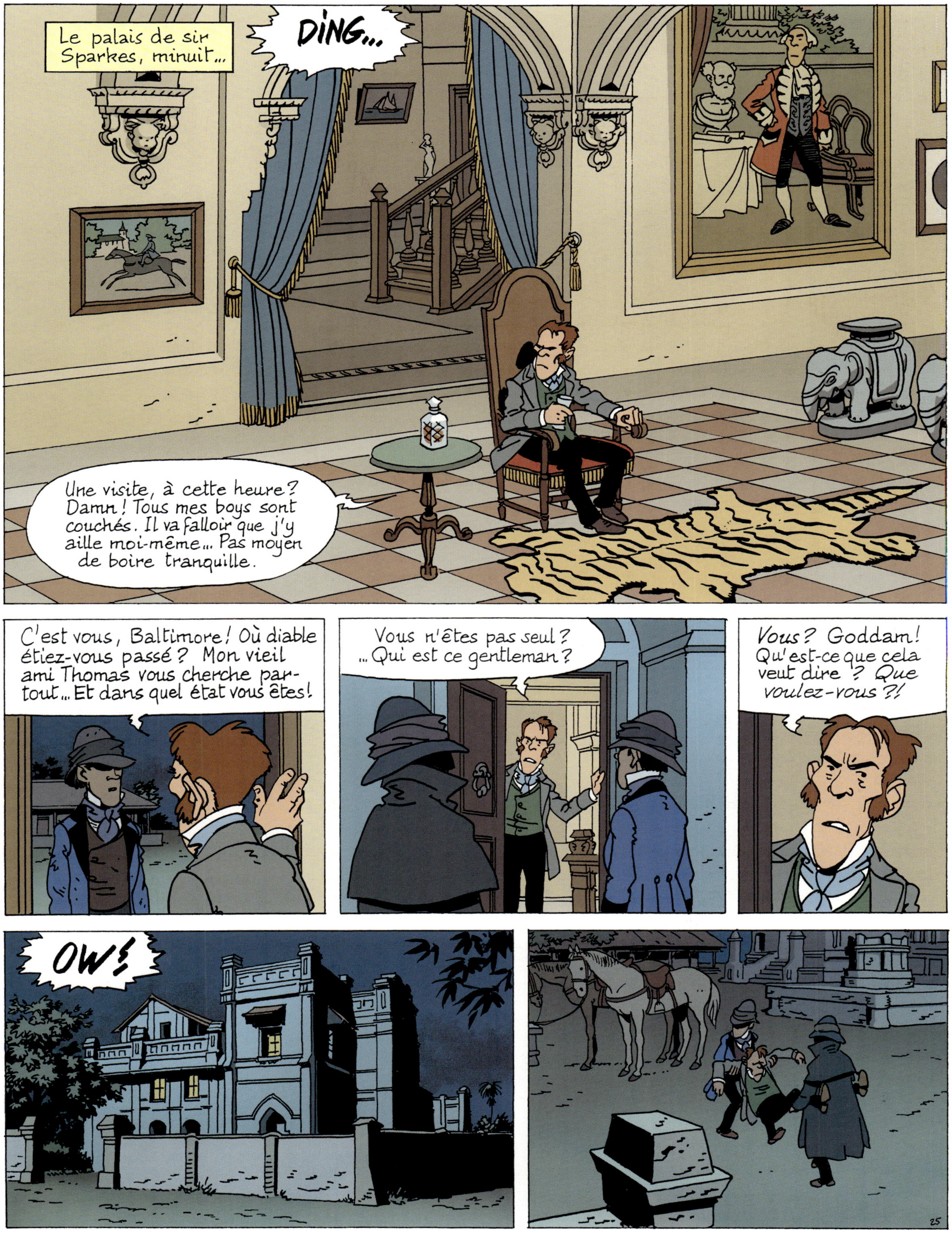
Le palais de sir Sparkes, minuit...
DING...
Une visite, à cette heure? Damn! Tous mes boys sont couchés. Il va falloir que j'y aille moi-même... Pas moyen de boire tranquille.
C'est vous, Baltimore! Où diable étiez-vous passé? Mon vieil ami Thomas vous cherche partout... Et dans quel état vous êtes!
Vous n'êtes pas seul? ...Qui est ce gentleman?
Vous? Goddam! Qu'est-ce que cela veut dire? Que voulez-vous?!
OW!

Alexander! Enfin, je vous trouve, mon vieux!
Je ne parviens pas à remettre la main sur le dossier d'annexion de la principauté d'Idar. Vous ne l'avez pas vu, par hasard? Non? Damn! Je suis cuit. Le "Vieux" va me crucifier!
Calmez-vous, Warren.
Ainsi, vous n'avez aucune piste... aucune trace des disparus? C'est troublant, Griffith. À Bombay, les "sahibs" meurent, mais ils ne se volatilisent pas.
Deux notables de notre communauté qui disparaissent à deux jours d'intervalle, cela dépasse vos compétences, mon cher Griffith. Laissez-moi vous aider.
Comment?
Longfellow! Vous savez que sir Twining et sir Sparkes ont disparu. Je vous charge de mener une enquête. Prenez le jeune Martin avec vous. C'est une excellente occasion pour le "former."
Il y a aussi David Baltimore dont on n'a plus de nouvelles, sir Laurence...
Absolument!... Mais ce qu'il nous faut, c'est un coupable.
J'aurais dû m'en douter! Vous ne m'avez invité à votre Club que pour me provoquer! J'ai un conseil pour vos agents: qu'ils ne se trouvent pas en travers de ma route!
Bien. Écoutez, Longfellow... La compagnie portugaise San Mateo est trop ambitieuse et nous fait une concurrence fâcheuse. Le capitaine da Silva devient encombrant.
Le capitaine da Silva? Très bien, chef.
Il a sûrement quelque chose à se reprocher. Il fera un coupable splendide. Débrouillez-vous pour l'incriminer.
?!
26

Fort Saint George, les quais... L'air humide est traversé par les cris stridents des mouettes. Les grands vaisseaux marchands bougent à peine, avec de lourds craquements plaintifs.
Donc, tout d'abord, on observe da Silva. On note ses habitudes, etc. Ensuite, on charge secrètement un de ses navires avec de la marchandise de contrebande et...
De la marchandise de contrebande ?
Oui, des armes, par exemple... Ou de l'opium. On prétexte une irrégularité douanière et on "*trouve*" l'opium.
Vous voulez le ruiner ?
Pas vraiment. Plutôt éloigner ses amis... L'isoler, si vous préférez.
Ensuite, on lui envoie une petite indigène qui se jette à son cou en public... Après ça, on pourra l'accuser de tout ce qu'on voudra !
Je vois. Personne ne prendra sa défense de peur d'être mis dans le même sac.
Voilà. C'est ça !
Et maintenant, au travail. On commence à surveiller da Silva. Sa résidence est par là ... Vous venez ?
Non, Longfellow. J'ai d'autres plans.
?
27

Très bien, je reprends : on suit da Silva, on lui crée des problèmes administratifs, on inspecte ses marchandises, on découvre de la contrebande, on ruine sa réputation et on l'accuse d'avoir enlevé sir Sparkes et sir Twining.
Vous avez compris, cette fois? Bien! Allez, on suit da Silva.
Écoutez, Warren, je veux *réellement* enquêter sur ces disparitions.
Qu'est-ce qui vous prend?... Vous savez ce que le "Vieux" fera si nous n'exécutons pas ses ordres?
Non, mais...
Il va nous envoyer dans un coin perdu de l'Empire, plein de poussière, de vermine et de sauvages cannibales!
Nous n'aurons plus aucune chance de faire fortune! Seigneur Tout-Puissant! Je ne supporte même pas d'y penser...
Calmez-vous, Warren. J'ai une intuition... Les disparitions de Twining et Sparkes et celle de David Baltimore sont liées, j'en suis sûr et...
Une *intuition*, vraiment? *Eh bien, ça m'est égal!* Je vais faire mon "enquête" sur da Silva. Vous vous expliquerez avec le chef... Moi, je m'en lave les mains!
Adieu, Martin! Un moment, j'ai cru que vous aviez de l'avenir, ici. J'ai dû me tromper.
Eh! Eh! Eh! Il vient juste d'arriver ici! Il va vite comprendre que tout seul, il ne peut rien faire... D'ici une minute, il va me supplier de refaire équipe.
?! Martin ?!
Il est parti! Maudite tête de mule! ... C'est incroyable! Je... Je vais devoir faire tout le travail moi-même.
28

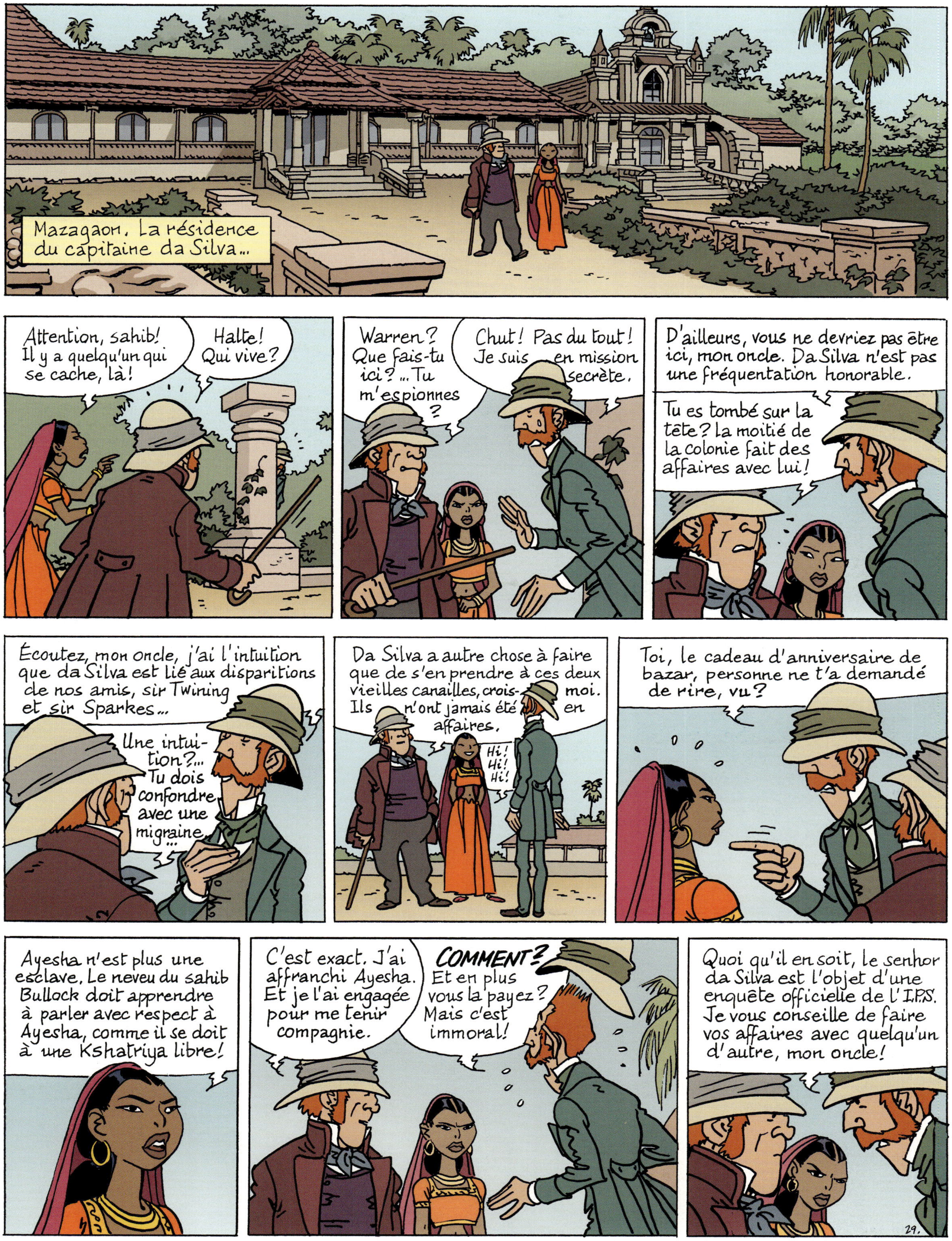
Mazagaon. La résidence du capitaine da Silva...
Attention, sahib! Il y a quelqu'un qui se cache, là!
Halte! Qui vive?
Warren? Que fais-tu ici?... Tu m'espionnes?
Chut! Pas du tout! Je suis en mission secrète.
D'ailleurs, vous ne devriez pas être ici, mon oncle. Da Silva n'est pas une fréquentation honorable.
Tu es tombé sur la tête? La moitié de la colonie fait des affaires avec lui!
Écoutez, mon oncle, j'ai l'intuition que da Silva est lié aux disparitions de nos amis, sir Twining et sir Sparkes...
Une intuition?... Tu dois confondre avec une migraine...
Da Silva a autre chose à faire que de s'en prendre à ces deux vieilles canailles, crois-moi. Ils n'ont jamais été en affaires.
Hi! Hi! Hi!
Toi, le cadeau d'anniversaire de bazar, personne ne t'a demandé de rire, vu?
Ayesha n'est plus une esclave. Le neveu du sahib Bullock doit apprendre à parler avec respect à Ayesha, comme il se doit à une Kshatriya libre!
C'est exact. J'ai affranchi Ayesha. Et je l'ai engagée pour me tenir compagnie.
COMMENT? Et en plus vous la payez? Mais c'est immoral!
Quoi qu'il en soit, le senhor da Silva est l'objet d'une enquête officielle de l'I.P.S. Je vous conseille de faire vos affaires avec quelqu'un d'autre, mon oncle!
29.

Toi, tu vas me parler sur un autre ton! Mais... Attends un peu! C'est une idée de Laurence, c'est ça? Il veut éliminer un concurrent gênant pour l' *East India Company* ?
L' I.P.S. n'a pas changé. Quand j'y étais, c'était pareil... Warren?
Ou... Oui?
Qu'est-ce que ce vieux puritain de Laurence a imaginé pour ruiner da Silva? ... *Il va le compromettre avec une indigène, hein?* C'est son style!
Euh...
Bien deviné, mon oncle. Ce n'est pas à un vieux singe qu'on apprend à faire des grimaces, eh, eh... Hum. Euh... Au sujet de cette indigène, vous n'auriez pas une adresse?
!
Sais-tu pourquoi je vais t'aider, mon neveu?... Pour avoir la joie de voir tes pauvres machinations échouer misérablement, comme d'habitude.
Ayesha te conduira à une maison close de la ville noire ... Si, bien sûr, tu fais l'effort de le lui demander *respectueusement*.
?!
Girgaon, peu après...
C'est ici, sahib!
Ici?

Eh bien, bravo! C'est absolument *sordide*.
Comment s'appelle le patron de ce ... de cet endroit?
Pritti, sahib.
Pritti? Hello, mon brave!
Pouah! Et répugnant, en plus...
Hon...
Hon? C'est tout? Allons bon! Je suis tombé sur l'idiot du village. Ça commence bien!
Mahmoud pas être idiot, lui seulement muet... Lui être eunuque aussi. Bienvenue, sahib. Moi être Pritti...
Sahib amener marchandise? Bien, bien. Pritti va voir... Pritti donner bon prix.
?
?
Elle n'être plus très jeune. Jolie, mais trop maigre. Pritti pas pouvoir payer beaucoup. Cinquante roupies?
?!
?
NE ME TOUCHE PAS, MÈRE DE LA HONTE! AYESHA N'EST PAS À VENDRE!
C'est exact... Je ne viens pas pour vendre, mais pour acheter.
J'ai besoin d'une de tes pensionnaires... Pas pour moi, mais pour un autre sahib.
Un autre sahib? Très bien. Quel genre de fille?
Une fille qui puisse crier, pleurer et se plaindre pendant des heures.
Le sahib a de drôles de goûts.
Par ici, sahib.
31.

Voilà, sahib. Les plus belles filles de Bombay... Laquelle veux-tu pour ton ami ?
Je vais prendre celle qui a un bébé.
Avec l'enfant, c'est plus cher. Deux cents roupies. Le sahib paye avant...
D'avance? Heu... C'est-à-dire que...
Tu perds ton temps, mère de la corruption. Le sahib n'a pas d'argent.
Quoi? Pas d'argent?
Très bien, Mahmoud!
Fils de la misère et du malheur! Oser entrer dans ma maison sans argent à dépenser. Et un sahib encore!
Pritti n'a pas voulu te louer une fille, dis-tu? Décidément, tu joues de malchance. Figure-toi que da Silva vient de quitter Bombay.
Il est parti? Mais... Mais et moi? Que vais-je faire?

Hello, Longfellow!
Le "Vieux" m'a dit qu'il y a une nouvelle disparition?
Quartier du Fort, la résidence de Lord Somers, le lendemain...
En effet. La monture de Lord Somers est rentrée seule ce matin. Personne n'a revu son maître.
Trois notables qui disparaissent en quelques jours... On n'a jamais vu ça!
J'allais inspecter l'intérieur de la demeure. Vous venez, Longfellow? Au fait, où en êtes-vous avec da Silva?
Da Silva? Hum... J'ai travaillé dessus. Et vous, qu'avez-vous fait?
J'ai interrogé les domestiques de Sparkes et Twining... Dans les deux cas, ils ont signalé un détail curieux.
Il manquerait un vieux costume de cérémonie à chacun de leurs maîtres.
Ah?... Oui, c'est curieux. Vous avez trouvé autre chose?
Non, rien! Aucune trace, je...
Encore vous?! Je croyais avoir été clair! Je ne veux pas que des agents de l'I.P.S. se mêlent de cette affaire!
Juste une question, Griffith! J'aimerais savoir si un vieux costume de cérémonie de Lord Somers est manquant?
Un...?! Un vieux costume de cérémonie?
AH! AH! AH! AH!
Je vois... Vous vous demandez si les disparus portaient une tenue à la mode?!
Excellente idée! Cherchez le costume de cérémonie... Avec un peu de chance, Lord Somers sera dedans! HA! HA! HA! HA!

La résidence de sir Thomas.
Grand Dieu, Griffith... Pourquoi toutes ces questions sur les disparus ? Vous me connaissez, voyons ?!
Il se trouve que vous êtes leur plus vieil ami commun.
Certainement. Mais je ne les ai pas revus depuis le pique-nique à Éléphanta. J'ai eu beaucoup de travail.
Mmh...
Je vous rappelle que je suis seul à présent pour m'occuper du *Bombay Times* et... Mais ? Que se passe-t-il ?!
SAHIB ?!
TOC ! TOC !
Sahib ! Il y a un voleur dans la maison ! Venez !
?!
Par le Christ ! Qu'est-ce que tu racontes ?
Vite, sahib ! Nous l'avons trouvé dans votre chambre !
Il est là, sahib !... Derrière cette tenture.
?!!
DAVID !!!
Debout, David !... Lève-toi, tu m'entends ? Et lâche ce vieux costume... *DAVID !*

Je suis très mécontent, Longfellow! Da Silva s'est réfugié en territoire portugais. Il est désormais trop tard pour l'incriminer!
Quant à vous, Martin, qui vous a demandé d'aider Griffith à trouver un responsable pour ces disparitions ?
Comment? Que voulez-vous dire, sir Laurence?
Inutile de jouer la comédie... Je sais par Griffith lui-même que c'est *vous* qui avez remarqué l'absence de costumes de cérémonie chez les disparus.
Baltimore a été *surpris* en train de voler un vieux costume de sir Thomas. Griffith doit être en train de l'interroger, en ce moment même, à l'*I.C.S.*...
!?
Attendez-moi, Martin! Pas si vite!
Où as-tu emmené Sparkes? Et Twining? Et Somers? *Parle!*
Vous ne pouvez pas entrer, sahib. Le superintendant ne veut pas être dérangé!
ARRÊTEZ!
?!
Monsieur le Juge, je vous présente Alexander Martin, la nouvelle recrue de l'*I.P.S.* C'est lui qui m'a permis d'appréhender le suspect!
Quel suspect? Baltimore était retourné chez son cousin sir Thomas et vous l'avez trouvé en train de tenir un vieux costume... En quoi cela le rend-il responsable des disparitions ?
Je n'en ai pas la moindre idée... Mais Baltimore va nous le dire!
35

Baltimore n'est pas en état de vous dire quoi que ce soit... Et encore moins d'avoir enlevé ces trois hommes!
C'est la procédure habituelle, jeune homme. Griffith fait avouer le suspect et celui-ci nous donne des preuves de sa culpabilité. Les aveux sous la torture ne sont pas légalement utilisables, mais les preuves nous suffisent pour nous permettre de le condamner.
Vous entendez, Martin? Vous avez encore beaucoup à apprendre. Maintenant, lâchez-moi et laissez-moi faire mon travail.
Écoutez, Juge... Il est absurde d'impliquer Baltimore dans cette affaire!
Vraiment?
AÏE! Martin, je vous préviens! ...
David Baltimore a été mordu par un cobra il y a quelques jours. Il a survécu, mais la fièvre l'a beaucoup affaibli... Il est totalement inoffensif!
Vraiment? Il avait pourtant la force de quitter son lit... Et quand Somers a disparu, personne ne sait où était Baltimore. Il n'a aucun alibi! Aïe!
Il n'en a pas besoin! Baltimore n'a *aucun mobile pour s'attaquer à ces notables!*
Vous me faites perdre mon temps, Griffith! Relâchez cet homme.
Mais...
David?! Griffith t'a relâché?
Laissez-nous entrer, sir Thomas... David est à la limite de ses forces.
?
Il a toujours la fièvre. Je reviendrai le voir demain... Bonsoir, sir Thomas.
36

Quelle heure est-il ?
Trois heures. Je retiens Griffith... Nous faire attendre dehors toute la nuit !
Jusqu'à ce que David Baltimore sorte de chez sir Thomas, il a dit...
Il n'a qu'à l'attendre lui-même ! ... Moi, j'ai sommeil !
AH !
?!
Watson ?
AAAH...
Qu'est-ce que tu as ?... Réponds !
Ahh... hh...
Watson ?
Hhh...
37.

Quelques heures plus tard...
Où allons-nous ?
Chez sir Thomas, voir David.
Encore ? Mais pour quoi faire ?
Disons qu'il y a beaucoup de questions sans réponse à son sujet.
Par exemple, où était-il et que faisait-il quand il s'est enfui de chez lui ? Et pourquoi a-t-il essayé de voler ce vieux costume ?
Griffith ?
Je parie que vous surveillez David.
Baltimore reste mon principal suspect. Quoi qu'en dise le Juge !
Vous perdez votre temps, Griffith.
Je ne savais pas qu'à l'I.C.S., le superintendant devait faire le planton.
J'avais des hommes pour monter la garde ! Mais l'un d'eux a été mordu par un cobra. L'autre a dû l'amener à l'hôpital.
Mordu par un cobra ? Encore ?
C'est très fréquent, ici...
Vous savez, Griffith exagère... On meurt plus facilement du choléra ou des fièvres à Bombay.
?
Le sahib désire ?
Je viens voir David Baltimore...
Le sahib Baltimore est sorti cette nuit avec le sahib Thomas et un autre sahib qui est venu les chercher. Ils n'ont pas dit quand ils rentreront.
38.

Au centre de Bombay, à la lisière des marais, le lendemain matin...
Qui a trouvé le cadavre ?
Un indigène, chef. Il passait près des marais au petit jour. Les vautours ont attiré son attention.
Retournez le corps, que l'on voie à qui nous avons affaire.
Dieu du Ciel, Griffith ! Sur le ventre ou sur le dos, il n'a toujours plus de tête ! Comment voulez-vous l'identifier?!
C'est un blanc. Les hommes blancs ne sont pas nombreux ici. Taisez-vous et laissez-moi faire mon travail, Longfellow.
Je reconnais ces brocarts !...
C'est le vieux costume que Baltimore avait essayé de voler à sir Thomas... Aucun doute, c'est Baltimore !
Cet homme est plus corpulent...
... et il est visiblement plus vieux. Je pense qu'il s'agit de sir Thomas lui-même.

Sir Thomas? Vous l'avez retrouvé?
Le gouverneur!
Griffith? Que s'est-il passé?
Nous ne savons pas encore, Excellence. On vient de nous rapporter la présence de ce corps. Cet agent de l'I.P.S. croit avoir reconnu sir Thomas, mais...
Vraiment?
Le corps porte un vieux costume qui se trouvait dans la garde-robe de sir Thomas, Excellence.
La tête a été tranchée d'un coup, par un expert au maniement du sabre. L'assassin a emporté la tête. Peut-être comme trophée. Qui sait? Il est possible que nous ayons affaire à un fou.
Je vois. C'est une affaire délicate... Sir Laurence, voulez-vous vous en charger?
Excellence, une enquête criminelle n'est pas du domaine de l'Indian Political Service...
Ces disparitions et maintenant ceci... Cela pourrait bien être le début d'une révolte indigène! Je compte sur vous.
J'ai vu votre petit manège pour vous faire remarquer du gouverneur... Maintenant videz votre sac, Martin! Qui a tué sir Thomas?
Vous n'avez pas encore compris? Martin n'en sait rien... Une chose est claire cependant: à présent, la responsabilité de toute cette affaire repose sur vous, sir Laurence... Félicitations!
?!
Cet imbécile a raison, Martin. Je vous conseille de trouver très vite un coupable...
... ou je vous ferai condamner moi-même pour le meurtre de sir Thomas!
40.

... Il ne faut pas plaisanter avec le "Vieux". Ceux qu'il n'a pas envoyés au pénitencier ou à la potence sont enfermés à l'asile de fous de Colabah. Nous devons *absolument* arrêter quelqu'un ! N'importe qui...
Martin? Vous êtes sûr que Baltimore ne ferait pas l'affaire? Après tout, il est déjà bizarre. Vous pensez que ça le gênerait d'être à l'asile?
Cela ne ferait pas revenir les disparus !... Et le vrai criminel serait libre de s'attaquer à d'autres victimes !...
Ah... Vous croyez?
Les traces s'arrêtent là.
Très bien. Et maintenant, qu'allons-nous faire?
?
Il n'y a rien à faire. La piste se perd dans les marais.
?!
Longfellow?
Non... Non...
Je ne veux pas aller chez les fous... Non!
41.

Byculla, peu après...
SAHIB !!!
Sahib Warren !
Ayesha ?
Sahib Henry est en grand danger !
Sahib Henry ? De qui veux-tu parler, Ayesha ?
Sahib Henry Bullock, votre oncle ! Il va être enlevé, comme les autres sahibs !
Mon oncle ? Tu l'appelles par son prénom, à présent ?
Qui est cette jeune femme ?
Ayesha ? C'est une esclave que mon oncle s'est amusé à affranchir. Et pourtant, vous pouvez me croire, elle n'est pas un cadeau !
Tu dis que Lord Bullock est en danger ?
Je reviens de la ville noire. Les nouvelles du bazar disent que le sahib Bullock va être enlevé, lui aussi ! Je vous en prie, sahib ! Il faut le sauver !
Des rumeurs de bazar... Bah !
Longfellow, réfléchissez... Nous ne pouvons pas prendre le risque de laisser enlever votre oncle !

Du courrier, Babou? Donne!
...
Quelles nouvelles, oncle Henry?
Rien d'important, Oliver, je ...?!
Sahib Henry!
?
Qu'y a-t-il, Ayesha? Hum... Tu amènes des visiteurs.
Sahib Henry... Je reviens de la ville noire. J'y ai entendu dire que tu seras le prochain à disparaître!
En chemin, j'ai rencontré ton neveu et le sahib Alexander. Ils sont venus pour te protéger. Je... Je ne veux pas qu'il t'arrive malheur.
Vas-tu te calmer, Ayesha? Je suis assez grand pour me défendre!
Inutile de discuter, mon oncle. Nous vous protégerons, que cela vous plaise ou non.
Comment?
Mon cousin n'a pas tort... Oncle Henry, il vaut mieux prendre des précautions.
Toi aussi, Oliver? Ah ça!
Lord Bullock... Si Ayesha a raison, notre meilleure chance de capturer l'assassin de sir Thomas est ici!...
Ai-je vraiment le choix?... Très bien, vous avez gagné. Babou, nous avons des invités.
Oui, sahib.
43

C'était délicieux, Lord Bullock.
Fameux, mon oncle!
Vous n'avez rien mangé, oncle Henry ...
Je n'ai pas faim, Oliver. Je vais me coucher. Bonsoir à tous.
Ayesha? Que fais-tu là?!
Je veille sur ton sommeil, sahib Henry. Tu peux dormir en paix...
Bonne nuit, Ayesha.
Bonne nuit, sahib.
De quand date ce tableau? Lord Bullock semble beaucoup plus jeune...
Il y a une quinzaine d'années, oncle Henry était conseiller auprès du Rajah de Naghampore. Il faisait partie de l'I.P.S., comme vous et mon cousin Warren... Depuis, le Rajah est mort et son royaume a été annexé par l'East India Company.
Oncle Henry a conservé ce portrait et le manteau du Rajah en souvenir... Détail amusant, pour un indigène, ce vêtement est toujours investi du pouvoir du souverain qui l'a porté.
44

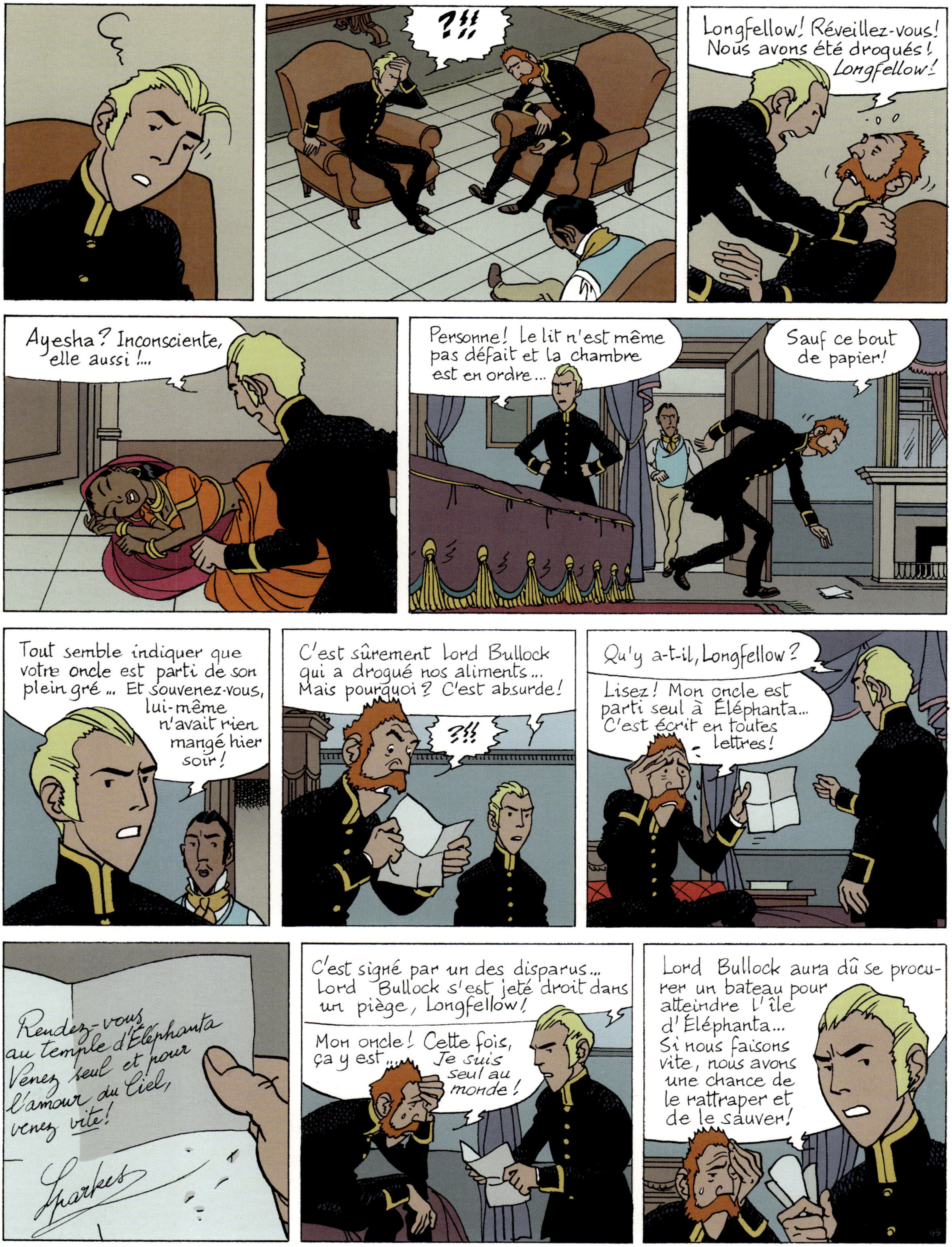
?!!
Longfellow! Réveillez-vous! Nous avons été drogués! Longfellow!
Ayesha? Inconsciente, elle aussi!...
Personne! Le lit n'est même pas défait et la chambre est en ordre...
Sauf ce bout de papier!
Tout semble indiquer que votre oncle est parti de son plein gré... Et souvenez-vous, lui-même n'avait rien mangé hier soir!
C'est sûrement Lord Bullock qui a drogué nos aliments... Mais pourquoi? C'est absurde!
?!!
Qu'y a-t-il, Longfellow?
Lisez! Mon oncle est parti seul à Éléphanta... C'est écrit en toutes lettres!
Rendez-vous au temple d'Éléphanta Venez seul et pour l'amour du Ciel, venez vite!
Sparkes
C'est signé par un des disparus... Lord Bullock s'est jeté droit dans un piège, Longfellow!
Mon oncle! Cette fois, ça y est... Je suis seul au monde!
Lord Bullock aura dû se procurer un bateau pour atteindre l'île d'Éléphanta... Si nous faisons vite, nous avons une chance de le rattraper et de le sauver!

Qui a tendu un piège à Lord Bullock?
Pourquoi sir Twining, sir Sparkes et Lord Somers ont-ils été enlevés?
Qu'est-il arrivé à David Baltimore?
Suite et fin dans "Un gentilhomme oriental".
46.